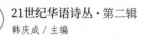21世纪华语诗丛·第二辑

韩庆成 / 主编

半个天堂

卡卡 著

以苍天为镜
擦洗自己
他感受到从未有过的辽阔与纯净

知识产权出版社

全国百佳图书出版单位

—北京—

图书在版编目（CIP）数据

半个天堂/卡卡著. —北京：知识产权出版社，2020.5
（21世纪华语诗丛/韩庆成主编.第二辑）
ISBN 978 - 7 - 5130 - 6843 - 7

Ⅰ.①半… Ⅱ.①卡… Ⅲ.①诗集—中国—当代 Ⅳ.①I227

中国版本图书馆 CIP 数据核字（2020）第 047682 号

责任编辑：兰　涛　　　　　　　　责任校对：谷　洋
封面设计：博华创意·张冀　　　　责任印制：刘译文

半个天堂

卡卡　著

出版发行：知识产权出版社有限责任公司	网　　址：http://www.ipph.cn
社　　址：北京市海淀区气象路 50 号院	邮　　编：100081
责编电话：010 - 82000860 转 8325	责编邮箱：zhzhang22@163.com
发行电话：010 - 82000860 转 8101/8102	发行传真：010 - 82000893/82005070/82000270
印　　刷：三河市国英印务有限公司	经　　销：各大网上书店、新华书店及相关专业书店
开　　本：880mm×1230mm　1/32	印　　张：4.75
版　　次：2020 年 5 月第 1 版	印　　次：2020 年 5 月第 1 次印刷
字　　数：50 千字	全套定价：198.00 元
ISBN 978 -7 -5130 -6843 -7	

出版权专有　侵权必究
如有印装质量问题，本社负责调换。

自信、娴熟与成就

杨四平

21 世纪已经 20 个年头了。在中国文学史家惯常的"十年情结"思维图谱里，21 世纪文学已经跋涉了两个"十年"。这让我想起 20 世纪中国文学"三十年"里的头两个"十年"，那是其发生与发展的两个"十年"。相较而言，21 世纪头两个"十年"却是发展与成熟的两个"十年"，尽管没有出现像 20世纪头 20 年时空里那么多灿若星辰的文学大家。我想，这也许不是文学文本质量的问题，更不牵涉文学之历史进化观问题，而是其传播与接受的差异问题。再过几百年，在这两个世纪各自的头 20 年，到底是哪一个世纪最终留下来的经典文本多，还是个未知数呢！

回望历史，关注动态，展望未来，百年中国新诗一路走下来，实属不易且可圈可点。20 世纪 80 年代中期之前，在启蒙、革命、抗战、内战、"土改""文革"、改革等外部因素影响下，中国新诗一直在为争取"人民主权"而战，中国新诗的社会学角色、责任担当及诗意书写成就辉煌；之后，在经历短暂之"哗变"以及为争取"诗歌主权"之矫枉过正后，中国新诗在"话语"理论中，找到了内与外、小与大、虚与实之间的"齐物"诗观，创作出了健全而优美的诗篇，同时，也促进了中国新诗在当下之繁荣——外部的热闹和内在的繁荣！显然，这种热闹和繁荣，不仅是现代新媒体诗歌平台日益增长的文化与旅游深入融合导致的诗歌活动之频繁，诗人、诗歌的"自传播"和"他传播"之交替，更是中国新诗在"百年"过后"再出发"的内在发展和逻辑之使然。

当下的诗人，不再纠缠于"问题和主义"，不再困惑于外来之现代性和传统之本土性，不再念念于经典和非经典，而是按照自己的"内心"进行创作，其背后彰显的是当下中国诗人满满的文学自信。

正是有了这份弥足珍贵的新诗自信，使得当下中国诗人在进行创作时能够"闲庭信步笑看花开花落，宠辱不惊冷观云卷云舒"。如此一来，当下诗人就不会徘徊于"为人生而艺术"或"为艺术而艺术"，也不会计较于"为民间而诗歌"或"为知识而诗歌"；进而，他们的创作就会写得十分"放松"，而不会局促不安，更不会松松垮垮。因此，当下，一方面诗人们不热衷于搞什么诗歌运动，也淡然于拉帮结派；另一方面诗评家也难以或者说不屑于像以往那样将其归纳为某种诗歌流派或某种文学思潮。即便有个别诗人仍留恋于那种一哄而上和吵吵闹闹的文学结社，搞文学小圈子，但是那些毫无个性坚持且明显过时的文学运动在新时代大潮中注定只是一些文学泡沫而已。

用文本说话，让文本接受历史检验，纵然"死后成名"或死后成不了名，也无所谓。这已成为当下中国诗人的共识。所以，当下中国诗人专注于诗歌文本之创作，一方面通过内外兼修提升自己的境界，另一方面砥砺自己的诗艺，以期自己的诗歌作品能够浑然天成。伟大作品与伟大作家之间是在黑暗中相互寻找的。有的作家很幸运，彼此找到过一次；而有的作家幸运非凡，彼此找到过两次，像歌德那样，既有前期的《少年维特之烦恼》，又有后期的《浮士德》！所谓机遇，就是可遇而不可求，但"寻找"却要付诸实践、坚持不懈。我始终坚信：量变是质变的基础。这一定律，对文学精品之产生依然有效（前提是"有主脑"的量之积累）。那种天才辈出的浪漫主义时代早已一去不复返了。值得嘉许的是，当下中国诗人始终保持着对新诗创作的定力，在人格修为上，在文本创作上，苦苦进行锤炼，进而使他们的写诗技艺娴熟起来，创作出了为数不少的诗歌佳作，充分显示了 21 世纪初中国新诗不俗的表现及其响当当的成就。

我是在读了本套"21 世纪华语诗丛"后，有感而发，写下以上这些话的。在这十本诗集里，既有班琳丽、夏子、邹晓慧这样已有成就的名诗人，也有李玥、刺桐草原、汪梅珍这样耕耘多年的实力派，还有卡卡、杨祥军这样正在上升期，状态颇佳的生力军，以及蔡英明、李泽慧这两位 90 后、00 后新锐。他们各具特色的作品，使这套诗集内容丰富、异彩纷呈。祝愿我的诗人朋友们永葆自信、精耕细作，在未来的日子里不断给中国新诗奉献出新的精品力作，为中国新诗第二个一百年添砖加瓦、增光添彩！

2020 年 1 月底于上海外国语大学

目　录

CONTENTS

第一辑　大地温暖

第二辑　半个天堂

第三辑　辽阔的孤独

第四辑　错过的事物

第一辑　大地温暖

我的天堂是一个幸福的花园/沉默不语的花园很美，安静的灵魂很美

今夜，繁星盛开

天空是硕大的孤独
孤独爬出我的头盖骨喘息，歌唱——

倾听很美
安静的灵魂很美

你打远方而来
寂静，我的尊贵的客人
请你勒住追赶黑夜的白马
卸下仆仆风尘，我要拉起你的手跳舞

黑暗中的舞姿很美

今夜，繁星盛开
开满野花的天空很美
我的天堂是一个幸福的花园
沉默不语的花园很美，安静的灵魂很美

孤　独

自己的骨头
长自己的花

以骨头为琴
你有一万个嘴唇
统统撒播在琴弦上

让她们自己建造
房屋和后花园，然后住下
扎紧爬满藤蔓的竹篱笆

她们住下
就是你住下
你是一捆熊熊燃烧的火把

弹奏自己的琴
开满自己的花

灰　烬

还有什么
比这燃尽的生命更令人着迷？

这花的骨头
这草木的魂魄
迎着风儿起舞
在旧日的好时光

这里，就是故乡
山峦埋葬落日，星火回归灶膛——
大地神秘的子宫啊
歌唱着轮回，歌唱死亡

死亡啊死亡
一座年久失修的教堂
年轻的神父一代代住在这里
双肩落满了霞光

仿佛倾心
一种曼妙的舞步
仿佛渴慕

一次淋漓的分娩

这花的骨头
这草木的魂魄

黄　昏

忧郁的乳房
温暖的谷仓

黄昏，套上木制的车轮
古老的酒坛子被搬来搬去

多么像年迈而又勤劳的母亲
生下村庄，埋掉村庄

村庄的头顶
滚过火红的太阳

太阳，大地交出仅存的粮仓
像歉收的穷女人，大把的好时光被糟践

是啊，好时光
可人的姑娘，乳房对称思念饱满

走在秋日的大地上
你是黄昏忧郁的谷仓

大地露出累累伤痕
唯有你交出了赤裸的火焰

命里的火焰，酒坛子的火焰
野花的嘴唇和体香——

忧郁的乳房
温暖的谷仓

神，或右手

1.

一把旧钥匙

摸出麻布口袋，在黑暗的岩洞里

搜寻光亮

2.

打开灵魂的枷锁

解放天使的人，挽起魔鬼的手臂

在月色下舞蹈

3.

进入夜的胞壁

荷尔蒙的豹子呻吟如号，腾挪闪转

春天的花朵惊吓不浅，战栗如星

4.

一种仪式

从沉默的内核坠落，关于神的虔诚

被切割，掉落一地的果皮

5.

孤独的人

把孤独系在风里，像个逃学的孩子

摇晃在北方的枝头

6.

在南方

隔岸观火的人神情慌张，踏进河流

他们就是神的父亲和母亲

7.

荒芜一片——

神的抓痕是喻指，滩涂狼藉不堪

退潮的海有负圣命，奄奄一息

8.

海明威的海，南太平洋的海

沉船就是一座宫殿，埋葬则是盛典

诗人的骷髅明亮宛如灯盏

9.

让救赎的孩子们都回家吧

提上他们心爱的萤火虫灯笼——

今夜无患，人间大美

八　月

八月的天空高而远
一个空的酒杯，空空如也
额头上悲伤空空如也

大地金黄，黄昏华美
秋风带来神的消息，他们相聚干净的山谷——
神在酿酒，落入凡尘的日子在酿酒

日子香甜，从早到晚
所以请不要怨恨远离你的人，你们各有前程
前程路上的悲伤空空如也

你的悲伤，远在远方
远方是你的故乡，她是你未竟的愿望
她的屋檐挂满了风的铃铛

八月，果实落入酒窖
清瘦的河流露出了大地的骨骼
你怀抱酒香逆流而上，神在源泉边等你

等你，秋日的苍茫——

等你，收割的悲伤——

他们踏火而歌，围坐一团
将日子的酒杯擦洗得香甜而明亮
像待闺的新娘，你的新娘

海南，海南

稻穗金黄，粮仓金黄，金黄的粮食
照耀你的人民，照耀他们出海的风帆

瞧，你的人民多像幸福的鱼
自由飞翔的鱼，鼓动大而亮的眼睛

多么幸福，你让幸福的事物长成了一片……

丛林里的王

丛林里神在聚会
丛林升起了王

绿皮肤的王，绿眼睛的王
太阳和月亮坐上你的双肩

春夏秋冬，永生的四姐妹
爱着你，她们是献给你的王冠

骄傲的王冠——
她们骑着你心爱的白马和黑马

巡视城堡和牧场，巡视你
梦里长出的石头和草叶的寒凉

丛林里的王，城堡里的王
神在聚会，你是他们轮流爱着的时光

神在聚会，四姐妹在聚会
永生的舌头卷起了升腾的火焰

是的，你的火焰
绿眼睛绿皮肤的火焰呵

我看见你啦，是你——
扛走了太阳和月亮

麦　地

黄金的牧场
沉默的大地裸露温暖的子宫

晚熟的麦子熟了
风的裙摆藏掖不住丰满的胴体

看啊，劳动的神灵
在麦芒的尖上精神饱满，干劲十足

他们的坐骑，满载时光的黄金
跟所有幸福的事物一起在风里挥汗如雨

——麦地，麦地
乳房饱满的美丽而又笨拙的女人

所有的河流都流向你拥抱你
所有的悔恨都因你而忘的干干净净

而你，幸福的中心
以芒尖上的太阳为杯，将我灌醉——

让我爱上一切温暖的事物

爱上黄金的牧场，爱上沉默的子宫

九 月

村庄，古老的村庄
疼痛的人走失在风里

蜿蜒的母亲河，乳汁馥郁
拖儿带女的鱼赶在洄游的路上

女人们累了，山峦怀抱斜阳
躺下，她们的腹部长满金黄的稻米

男人的额头亮了起来
祖先的节气把他们埋进沟渠丘壑里

九月，梦里的九月
斑斑点点的星空下鼾声此起彼伏

村 庄

天堂里灯火通明
照耀秋日黄昏，宁静而华美

村庄，一只幸福遗落的鞋子
时光陈旧，永远怀念着另一只

四面而来的风擦洗她的身体
雨水里住下干净的母亲和孩子

干净的鞋子，乖巧的鞋子
这些年是谁穿上了你，走向远方

黄昏的鞋子，宁静而华美的鞋子
这些年谁都穿不走你，遗落在遥远的故乡

大地温暖

远方的灯盏照耀远方
沉默的孩子坐在村庄上，内心温暖

比孩子更沉默的是村庄
粮食和雨水，一对美丽的嘴唇

在村庄里厮守终生
像真正的恋人点亮彼此的灯盏

村庄，暮色里的新娘
孱弱的灯盏是你沉默的手掌

摸索大地——
苦难和幸福，两个乖孩子坐在床的两端

像远方的灯盏
照耀彼此，内心温暖

在若尔盖

在若尔盖，那些草越活越浅
从深绿到斑驳的白，她们把自己
埋进这个星球最新鲜的土壤
雨水渗入细嫩的叶脉和根部，带走
她们关于春天的所有念想

那些草，人世间最接近纯净的部分
高原之上急促的呼吸，越来越弱
当我在电视机前听见她们虚弱的低泣
每一个毛孔都长出了触须，我想抚摸她们
紧紧抓住她们，就像她们那么绝望地

想抓住水——
那些越走越细小的骨骼

活在这珍贵的人间

雪山　草原　河流
养育过人类的村庄
捧在养育她的大地之上

活在这珍贵的人间
我是被幸福宠爱的人
双掌铺开，花朵自由绽放

这幸福的花朵
摇曳在风里，喘息着
备下果实，在嘴唇围绕的酒杯中

活在这珍贵的人间
我高举火把，只身摸回生我养我的村庄
这千百年来堆积寂静的村庄啊
就在今夜，我要在你的怀里入葬

秋日阳光

有琴自水中来
那弹琴的女子端坐在水里，满眼幽怨

有琴自水中来
长袖善舞的宫女像珊瑚，像水草，和衰败恋爱

有琴自水中来
水里的皇帝终于驾崩，他的宫殿和城墙坍塌一片

从早到晚，水都很自在
活着——伏在自己的琴上孕娩弦外之音

十 月

每一座山都是圣殿
每一个人都怀抱着金身

十月，忧郁的诗人
你的贫穷像黄金，在人间静静流淌
光芒万丈，她是你的尊贵的灵魂
行走在无上自由的巅峰

——群山捧出的太阳
穿透云层，她的光芒就是你的光芒
结实而柔软，像现在的日子是你真正的日子
河流怀抱村庄，牛羊肥壮土地饱满

忧郁的诗人，你这沉默的歌者
十月的日子阳光普照，大地疲惫而又温暖
你是如此幸福，站在万峰之巅
你的忧郁又是为了什么？

你的圣殿，你的金身
为何每一次朝拜你都痛苦万分？

第二辑　半个天堂

以苍天为镜，擦洗自己/他感受到从未有过的辽阔与纯净

倒 影

波光涟漪里，他的骨骼在舞蹈
与养在喉结的呐喊一样，让人安静

活着，在水里——
以苍天为镜，擦洗自己
他感受到从未有过的辽阔与纯净

挣扎之美

夜越来越黑
远山、楼群和归人的足音由远及近
淹没其间——

只有星星不断钻出脑袋
俯向人世，竭力证明着挣扎之美

拆掉天堂

1.

拆掉的天堂

是不是跟人间的废墟一样？

天堂里的物事受到惊吓，是否也会抱头鼠窜？

2.

天上的灯盏犹如繁花乱坠，

沿途顺便将黑夜燃个通透，

哪怕黑暗有其坚硬的核壁和外壳？

盛在银器的奇珍异果纷纷跌落，

会不会挂满贫瘠农庄的果园，

在农妇的擦拭下依然鲜艳如常？

琼浆佳酿如雨如瀑般倾注，

够不够装满穷人的陶陶罐罐，

像他们初酿的新蜜甘甜？

那些能歌善舞的仙子

翩翩下凡，算不算遂其所愿

她们将会嫁给哪位幸运儿，农夫还是书生？

还有，无所事事的神

往日你们食尽人间烟火，现在将相约何往？

以你们的能耐，抑或另寻新址再造一座宫殿？

……

3.

残垣断壁横陈

云团翻滚犹比硝烟

似曾相识，在一条干涸的河床上

4.

拆掉的天堂

像一个被儿子摔碎的玩具拼装

零件散落一地——

一张张狼藉的脸，扭曲的脸

竭力伸长，仰望……习惯仰望的人

伸长着脖颈将望向何方？

5.

拆掉天堂——

银河清浅，水草丰茂

自由的鱼来回穿梭，一会儿人间

一会儿天上，他们都不说话
从不说话，鼓动明亮的大眼睛吐着气泡
浑身披满粼粼的波光

6.
拆掉天堂——
坍塌的不是天空，是人间

诘 问

去掉名头
去掉皮囊和骨头
去掉血——

我还剩一首诗
你呢

一个诗人潦草的一生

风
雪
夜

归人

半个天堂

1.

神说——

要是骨子里没有疼

请不要叫醒我

2.

让所有的嘴都有理由拒绝

把每一条路都走成绝路

这样可以让灵魂更纯粹些

3.

死亡有个新鲜的伤口

就是那里——

摇曳着我的恶之花

4.

即便再有钱

你也买不来我头上的王冠

就算你自己打造

也不可能有荆棘的刺

太阳的光

5.

唯有时间是真实的
钻入我的体内，种下喜悦
植进悲伤，它甚至贪得无厌
把我据为它的居所，刻它的刻度
描画它的忧伤——

6.

时光是个刽子手
割走我的头颅交予诗歌
却把我的肢体留给俗世

7.

忧伤没有伤口
只有一双描画她的眼睛

8.

星的钻头，月的利刃
我的黑夜是上个纪元的铁
总能听见捶打声，但从没被看见
投入水里，好好地冷却

9.

疾病是苦难的一朵花

有午夜的脸，浮世的焦味——

我愿意相信

这里不是地狱，而是半个天堂

致花生

我的可触摸的部分大抵就是你
我的失水的年岁大抵就是你
我的遗产，厮守的爱情大抵就是你
我的易碎的心，憔悴程度大抵就是你

——在尘世的底部做梦，我多像你啊！

致冰川

自然是冷的，你这水的骨头
自然是纯洁的，你这水的魂魄

当你潜入我的身体
用沉默唱歌，我总要为之战栗——

只有你，试图疗治我困于俗世的悲伤

你的疼痛，你的伤口

1.

听吧——

风是你的牧师

你要把你的荒原摊开来

它会播进花的种子

2.

你的疼痛，你的伤口

如果鲜血是一条冬天的河流

——对不起，是你

做不到无懈可击

3.

如果可以，我希望

你能腾出空间让善良的穷人居住——

让太阳照耀着矮旧的木屋

请季雨把所有的悲伤都带走

4.

请你不要相信永恒

不要对着死去的灵魂说我爱你
如果荆棘注定划破脚掌
请珍爱每一滴流淌过身体的血液

5.

世界足够大
但我愿你再小一些——
在寂静里舞蹈
这是你从未有过的自在和欢愉

6.

孤独是一面镜子
它能照见你的灵魂——
是的，它漂浮在你的肉体
像玫瑰一样开花，然后在风里凋敝

7.

不要埋怨一块石头
它居于你的体内，坚忍而孤僻
但它是你的神，以寂寞为食
喂养你的马匹和沉睡的灵魂

8.

当喧哗与械斗撑破

你的贪欲
是的，
我选择了沉默——
谁都无法成为拯救你灵魂的巫医

加州旅馆

我的萨克斯哭了
一整夜，风中有落叶飘向远方
一个旧梦醉了
一个破碎的男人，多像细碎的泡沫啊
当海浪拍打他身上的礁岩

观星记

你放出自己的光，用作手脚
拼争抢夺敛取，以致身体疲惫不堪，灵魂形同枯苇

我则要收回自己的光
一箪食，一瓢饮，静心凝气，读书写字
却也能将灵魂养得健硕，足够她替我再活五百年

这世间，只有水咽得下悲伤（组诗）

1.

以风为桨
渡一只小船，过大江

云霞满满，黄金满满
唯有我的苦难，被撂在了岸上
形只影单……

2.

从风的身体里穿过
我感觉到凛冽的疼痛

跟我一样，桥上的风
被苦难刺中，一次次地撕裂
也同样发出了凄厉的吼声

3.

有人在桥上走了很久
有人刚上台阶，有人在咳嗽声中跌了下去
有人从流水里爬了起来

——桥上，只有风

一次次地把自己裹紧

4.

窗外是闽江

挖沙船不时地呜呜划过江面，几只白鸥

被惊起，在它的前方尖叫盘旋

——每一次发现，我都深感幸福

仿佛邂逅的不是翅膀，而是我的飞翔

5.

秋风划不破流水

粼粼的波光彩排着时光之舞

夕阳西下，尘世愈发昏沉

隐没的事物都有忍不住的痛感

——只有水声，将自己埋葬在喧哗的最深处

6.

切肤可亲的时间啊

跑过尘世的荒原，蹄音脆亮

燃烧的星辰是她撒落人间的流光

像灰烬，不停地凋敝在冰冷的江面

——这世间，只有水咽得下悲伤

7.

一些灯火落在江面
被流水带走，它们接着往下落……

一些船呜呜地滑过眼前
流水被划出了伤口，然后仓促愈合……

——这给我些许安心
仿佛衣袖里裹住的不是俗世，只是风

黄　昏

黄昏有多绚丽
你就有多痛——

作为暗中移动的一部分
你很清楚，在群星升起时
承认荒芜要有多勇敢

影　子

一朵花的影子
不是花的样子

一棵树的影子
不是树的样子

一个人的影子
不是他的样子

太阳总会按自己的想法
歪曲一些事实

家

你在左边，他在右边
孩子睡着了，就在你们中间

这样多好！一床被子就够了
三个梦都很温暖

秋

这个时节
我应该到田野去
让镰刀光亮如雪
陪老牛载满喜悦

这个时节
我应该带上孩子
白日里收拾稻穗
星夜里披风吟诗

这个时节
我应该拾掇旧房子
在墙上涂满暖阳
为烟囱献上敬意

这个时节
家在山峦外
可我
却还在这里

幸 福

那未曾开放的花
那未曾醒来的河流

幸福的源头
我是你痛苦的一个分支
蜿蜒曲折，在过去的日子里
混沌与清澈恍如泥沙俱下

幸福的源头
雪莲和冰川盛放，是你的圣洁的部分
接受朝拜，摇曳在遥远的神的圣殿
成为我夜夜痛苦的源头——

那未曾开过的花
那未曾流淌过的河流

第三辑　辽阔的孤独

当你自带光芒/何须仰望，何须寄予/那尘世的灯盏把你照亮？

神　啊

1.

神啊，你的酒杯，

涂满了奸佞者的唇印……

这，难道就是你所谓的慈悲？

2.

当我喝醉，我的灵魂

就会飘离身体，在星空里舞蹈，

为你唱歌——

亲爱的神啊，

我是不是那个值得你对饮的人？

3.

当你打开

沉默的石头

放飞他体内的野花和鸟群

你能说那不是春天？

4.

当你自带光芒

何须仰望，何须寄予
那尘世的灯盏把你照亮？

5.

神啊，你相信吗？
即便再有钱，他们也买不来
我头上的王冠，就算他们自己打造
也不可能有荆棘的刺
太阳的光

6.

神啊，幸福远吗？
你笑而不答，静静地在我的身上
画蝴蝶，一只，一对，一群的蝴蝶啊
在我的疼痛上飞舞，斑斑点点
凄艳而迷离，像那些绝望久了就安详的人

7.

神啊，我是一盏哭泣的灯——

春天，你把大地拎起来抖一抖
我会掉下来，一盏流泪的灯

思念流尽，泪水流尽
你看，我像不像一盏欲哭无泪的灯？

8.

绝望再往前一步
神啊，这样会不会更绝望？

黑夜寂寥而漫长
你所谓的大地之灯是在何处闪耀，
她的心脏是否也有汩汩的潮声？

9.

神啊，是不是伟大的人
都有伟大的苦难？

雷霆压过头顶
浪涛掀翻帆船
你看，他还在那里，双手紧紧拽着梦的绳索

10.

夜的荒原，寂静绵延
闪烁的星光铺陈其上，可是你提的灯盏
往返人间天上？

神啊，如果真是你
请告诉我，天下苍生该如何汩渡苦难？

献诗：最初的一日

1.

披上光——
山峰是穿上盔甲的武士
守卫神的宫殿，而静静流淌的河流
穿过村庄，是她待娶的新娘

2.

风，来自时间
一匹从来世折返回来的白马
健硕的马背上装满黄金的嫁妆
蹄音清脆，铃铛撞响

3.

夜里沉睡的灵魂被唤醒了
这会从烟囱里跑了出来，精神饱满
浑身散发着谷物的清香，而天空
被她们拽住，摇摇晃晃

4.

热气腾腾的早餐

端上来了，这是来自土地的馈赠
众神在烟雾缭绕的圣殿里喝得酩酊大醉
他们的敌人正穿越雨林，面目全非

5.

是时候把水牛牵出来了
春天是一块耕作虔诚的好地盘
古老的春天，每一寸肌肤都在迸裂
拼命呼喊，她们都有神的吻痕

6.

女人戴着银饰
倚在木门上，与孩子们一一告别
泪水在她们的眼里打转，终究没流下来
闪烁着太阳的光

7.

太阳，太阳是一个农场主
手里拿着一万条皮鞭，抽打在大地的
脊背上，露出裂隙，野花四下逃窜——
这就是春天，最初的模样

8.

等待收割的黄昏

云霞满天，黄金满天
春天就是一个装着酵母的酒坛
酿制孕育，在每一个颤动的乳房

9.
安息吧，你这神秘的海域
众神已睁开微醉的眼睛，黑夜涌起了波浪
覆盖人间，所有的心事忘却了浮沉，纷纷入睡
只有寂静，涂满了芬芳

十面埋伏

1.

十面埋伏——
就为捉住前世逃脱的你

2.

风窈窈，雨渺渺
我的佳人在诗经里——

伤了细腰

3.

在山中，可以把路过的风揽过来
与野兽同眠，把天上的云扯下来
给野花铺上温床，可以大声喊出我爱你
让崖壁上的嘴替我重复千百遍

4.

风雨被挡在窗外
风雨被搬进屋里

从彼此的水里起身

你惊慌失措，我死里逃生

5.

亲爱的，我搬来风搬来雨
搬来闪电和雷霆
如此汹涌地拍打你
撞击你，淹没你——

其实是为了送一枚精子回家

6.

酒杯微漾，桃花微漾
突然很想出逃的你，脸上溢着流光

7.

你在包饺子
儿子将积木搭成桥
我翻看新买的诗歌日历

——日落时分
窗外，万家灯火通明

8.

爱你——
我吃进毒，逼出毒
竭力保持光鲜如初

月亮或女人五种

1.

月亮是一把剜心的刀
你却装出一张凄惨无辜的脸

2.

沉沦就沉沦吧——
无垠的黑夜有足够容你的心肠

3.

你所说的永远究竟有多远
——一支离心的箭和一双痴情的眼

4.

潮汐送来信笺
你的忏悔却没能上岸

5.

黎明是太阳的辇车
你在车辙下抽泣，泪湿人间

桃　花

1.

桃花，桃花
我喊了两声她就开了
把我抱进怀里吮她的蜜儿——

这就是命儿，跌进桃花的人
再也没能干净起身

2.

交出冰凌，交出火焰
他们从身体里赶出了彼此的马群
放牧在汹涌的波涛之上

——从此，转世的桃花
翻不出一个姑娘和她的少年

3.

我看见爱——
细脉的纹理泄露了它的体温

尘世间失手之处最美

结局绽开，悲剧其实是一朵桃花的模样

辽阔的孤独

1.

尘世的海静美无边
黑夜是我的辽阔的孤独，星星是冥思
偶然停靠的驿站

2.

因为仰慕天空
大地献上了自己的乳房
每到夜晚，月亮都要出来
舔舐她甜美的忧伤

3.

白昼把自己脱光了
是一大把乌黑的骨头
而黑夜脱了
就是一大片白花花的肉

4.

有时，我的身体
放出天使，其余时候
它放出的是魔鬼

5.

月光送来了银两
我却找不到心爱的马匹

6.

你所看到的黑暗不是黑暗
我所看见的光明就是光明

7.

一滴雨连着一滴雨
一场雨接着一场雨
我看见天空——

正把悲伤运往大地

8.

来时，我尚有热血
走时，只剩下肉身
若有谁想起咳嗽声
那一定是我的亲人

酒的献词

1.

水的神，谷物的神

都是通灵者，分得清世间——

谁真心，谁假意

谁的醉里养着朗朗乾坤

2.

好的杯盏

都有好的胸怀——

明月可以弄影

清风可以拂袖

3.

藏于闺阁静养

葡萄　美酒　夜光杯——

都有沁人心脾的

荡漾美

4.

月亮是古老的

忧伤，万物共饮的佳酿——

倾泻如水

与世无争

5.

一杯酒

养下一个江湖

6.

形而上的酒香

抓住谷物的根茎，漂洋过海——

前世的竹筏上

坐着尼采 梵高 肖邦

7.

酒里有神曲

唯有诗人才是它的喉咙

尖　叫

1.

像流星，划破黑夜的喉咙
一声尖叫呼啸而去
伤口迅速愈合，惊悚的花朵
凋敝在灵魂深处——

寂静是一具结实的棺椁

2.

昏睡者继续昏睡
清醒养大的灵猫被赶进他的排泄系统
穿肠过肚，濒临崩溃

——罪恶下沉，下沉
满天星斗掘不出被淹没的灵魂

3.

酒精中毒——
爱情的诊断书

玫瑰早已死于一场子宫出血

满城谎言飞舞，一只迸裂的高脚杯
是谋杀夜莺的最理想凶器

4.
大理石的夜
冰冷的夜，填满物质的嘴
逃离了神经错乱的人

——悲伤辽阔
荒原上唯一的骑士，群星为你落泪

5.
将午夜时分最黑暗的部分
取来下酒——

以痛苦为杯
这是歌者最原初的神技
挣扎到最后的人都很清醒

6.
闪电或匕首
出离愤怒的声线，瞬间已是永恒

——来吧，来吧
将黑夜里的精灵都释放出来吧
让我们一起尖叫，尖叫永生！

洪田村

1.

一些人，即使把他埋了
也会倏地立起来
精神的样子让人惊诧
仿佛他从未带着姓名死去

2.

在村庄里，起死回生的人
会在春天牵走耕牛，赤脚踩在水田里
松软的土路吐出他们的脚印
稻秧在夜里生长，最后会是他们的模样

3.

他们大多老了，弓着背
旱烟袋别在腰里，像咳嗽药
越咳越抽，直至吐出命里的结
一切都很合心意，风调雨顺

4.

这就是群居的好处——

可以两小无猜，可以相视老去

黑的瓦，青的烟，白的是彼此的年岁

把奶大揍大的羊都放出去，然后等他们回家

5.

一辈子坚守是一件幸福的事

他们不知道，却默默地身体力行

像这座安静的村庄，享用雨水和阳光

长自己的庄稼，养自己的羊群

6.

要信命，命里红尘滚滚

他们在房前屋后种满桃树、梅树，像祈福

也养一两条狗，跟在身后

教它们警惕尘世，学会感恩与忠诚

7.

一个子宫被放进群山的身体里

孕育成为自然的事——

这些死去活来的人缓缓蠕动

有时会睡得很沉，需要春风将他们唤醒

我看见的海

1.

汹涌的海

像一面旧镜子

我反复看见它

死过去，活过来

而且每一次

它似乎都能照见我

瞬间的喜悦

和突然的悲伤

2.

不管愿不愿意

都怀揣着一轮落日

一半浮在海面

一半浸入水里

看它的人

也都被它看见

一边微醉

一边微醒

3.

海浪涌上沙滩
海浪拍打礁岩

盘旋的鸟
盘旋的孤鸣

天空阴暗
云层压得越来越低

仿佛一种困境
仿佛注定的结局

第四辑　错过的事物

让皲裂的嘴唇盛开如花/让幸福的琼浆流淌一地

秋日：给异乡人

盛大的酒杯
盛满丰美，果实的、草木的、星辰的
甜蜜的酒杯，怀抱村庄和河流
幸福的琼浆流淌一地

让马匹停下来歇息——
异乡人，请停下赶路的脚步
举起酒杯，把酒斟满
像当初你举起火把，放火烧了老屋
和彻夜疼痛的两瓣嘴唇
那是你的嘴唇，你的痛苦之杯
在一场大火里化为灰烬

群星摇落如冷雨
过往皆灰烬，异乡人
今夜你既然路过就该淋漓痛饮
让皲裂的嘴唇盛开如花
让幸福的琼浆流淌一地

死亡笔记（组诗）

1. 彼岸花

黑色的梦盛放娇艳的花朵

金黄的王冠吐出蛇的蓝色信子

故乡的河在它脚下川流不息

盛夏的欲望沉沦其中，星辰开始陨落

有人沉入河底，有人探出水面

预言的舌头搅动，溅起往世的水花

2. 响器

生命终有回响——

麻雀飞起飞落，老屋的瓦房

覆上了乌鸦的妄言

有人泅过河面，有人雪中劈柴

有人看见小孩子吹着口哨

身上挂满月亮的铃铛

3. 故乡的神

八月，祭祀土地神灵

天空高远，大地金黄

出脚力的汉子流着干净的汗水

酒杯倾斜，山村沉醉

晚归的游子叩响午夜的柴扉

有人祈福，有人早已酣睡

4. 哭魂

夜里的风阴凉，死寂无声

女人们披麻戴孝跪伏烛火前

她们知道，头顶是天堂

膝下是地府，她们开始撕心裂肺

要把亲人用哭声送远，直至

自己昏厥在男人的肩头上

5. 土葬

故乡的土是干净的土

山林养育了野猪和胆大的灰鼠

就在后山罢，做一回穿山甲

把棺木抬进去，放下凡尘

祖辈的遗训都留给外边的儿女

睡下吧，醒了再邀月光围猎

入骨记（组诗）

1. 头盖骨

荒芜的城
住着荒芜的诗人
吟诵的每一句诗
都是一尊孤独高傲的神

天地辽阔
草木禽兽各居其所，神的居所
城墙外酒盅撞响秘密花园的喉咙
呜咽——

一座萧瑟的城
你是打马过护城河的诗人　抱月而归的诗人
月是马头　月是马尾　月是破旧城墙的老木门
荒芜寄居其内，寂静无声

荒芜的城，寂静的城
你这孤傲的诗人
月色下你抱紧每一行诗句像抱紧自己
在城头摇曳，衰败如风

2. 额骨

堆满石头的天空
众神端坐，举起古老的杯盏

风雨从远方奔赴而来
雷霆从远方奔赴而来

神的酒杯盛满了泪水——
纯洁的泪水，梦魇的姐妹

当你仰望，头顶明镜铺陈
石头凌乱如野花，蝴蝶纷飞其上

恰如这世间的困顿
停驻寂静的体内，疲于喘息

是的，那是你的身体
浑身满是雷霆噬咬的齿印，幸福的

齿印，仿佛众神降临
举着他们心爱的古老的杯盏

——你知道，杯盏就是火焰

谁幸福谁就该举过头顶，让疼痛舞蹈

3. 眉骨

荒原之上
是谁在呵护两盏灯？

黑夜里升起的两盏灯
隔河相望的两姐妹
在谁的手掌里安睡
像怀抱着甜蜜伤口的两个孩子
恬静而温暖

隔河相望的两姐妹是幸福的两姐妹
请屏息凝听——
莽原之上众神喧哗
酒盅鸣响……幸福的日子来临
娶亲的队伍正赶在路上

瞧，幸福的人儿
装满粮食和美酒的马车上路啦
从那蓝色天空下的远方——
而这里，两盏灯住在各自的屋里
照耀彼此，明亮而温暖

——黑夜里挑灯过河

幸福的人儿，你可知谁是谁的灯盏？

4. 锁骨

举起黄昏的酒杯

雪山的神遥坐群峰之巅

月光隐隐，游于风流的表面

适合佳人款款应约

——彩虹的峡谷

飞雪流瀑陷入轮回

是的，纵使散尽桃花

你也无法寻回衣袖里豢养多年的小鹿

而雪原苍茫，万神皆醉

唯有你如此乖张拈起杯盏甘于受难

5. 椎骨

神的梯子

遗落人间的梯子

幸福和痛苦

像两个执拗的孩子
在攀爬的路上
相互较劲

神啊，请原谅他们
赤裸的孩子有多纯洁，他们简单而美
当他们竭尽全力，眨巴着
荒漠般渴求的眼睛，请原谅
他们无罪——
在那摇摇晃晃的梯子

请宽恕，请忘却所见
忘却这世间纷纷扰扰的一切！

神啊，她是你的梯子
通往美丽天堂的梯子
请你扶正她的腰肢
给她一口真气，她就活了
——粮食、酒杯和往返运送的马车
也就都活了

神啊，你瞧瞧
无论幸福和痛苦
活着是一件多么美好的事

6. 肋骨

石头的栅栏

神的宫殿，蜜蜂的巢里河流在怀孕

怀孕的河流像真正的妇人

幸福满面，泪眼里怀抱群星热恋的草原

你的草原，放牧心爱马匹的草原

野花遍开如灯盏，照耀你也照耀温暖

——是的，如你所愿

石头的栅栏，神的宫殿

河流其上，铺满星光

你的指尖如琴甜蜜而温暖

7. 膝盖骨

悬崖上的花

接近地狱也接近天堂

深潭其上，壁刃千年

养育神的刀剑与魔鬼的獠牙

摇曳的花，妖艳的花
开放在飞瀑高潮之处，直抵死亡

死亡，亲密的恋人
你是她怀抱里唯一的幸福和温暖

——恋人啊，誓言千尺
今生再美也不过是攀上崖壁之巅的风声

一夜地狱
一夜天堂

8. 趾骨

流浪的孤独的神
土地是你唯一的恋人，你的亲吻

野花的鲜嫩的嘴唇
在大风里，你是衣衫褴褛的行吟诗人——

麦浪涌起，麦浪褪去
麦浪是歌唱的王冠，而你

沙砾里站起来的王，孤傲的王
汩动的血管是你劳作的诗行，在太阳的芒尖

流浪，流浪——
孤独的王，你是自己的琴歌唱着爱与悲伤

秋天的梧桐树

落叶盛大——

黄金的叶子
铺满了外婆家
的旧瓦房

天地肃瑟——
光溜溜的梧桐树
孤零零的梧桐树

云团正在赶来

她们都想
给你缝织一件
过冬的衣裳

在泉州，想起海子的孤独

落日苍茫

向死而生的火焰
坠入寂静，像一条黄金的河

必须有人涉水而来
水是最后的孤独，骨骼冰冷而柔软

——仿佛死亡在扭曲
死亡的丛林里灯火辉煌

宴会开始
所有的河流都竭力靠近

灰烬。灰烬是风
四面八方的风，泅渡而来的风

拥抱与撕裂——
在瞳孔的余光，你看见草原上白马相继倒下

而你，瑟瑟不已

独自在水里，拎着自己的旧鱼筐

像一个硕大的孤独，拎在手里
一如此刻，浸在水里——

泉州，泉州
一个跌跌撞撞、摇摇晃晃的大鱼筐

回　忆

你弯的眉　眼里的一池碧水
你的一些侧面
刺痛了我

以及一些梦　一些零碎的
往事宛如命中注定的结石
令我彻夜难寐

我不否认　无法否认
一种恍然张开的巨网
捕住了我流浪多年的疲惫

想表达什么呢
我只按住了这些孤独的文字
陷入苍茫

错过的事物

你错过很多美好的事物——
当你回神，车窗外的橡树有一个优美的
站姿，倘若你轻轻靠上去
他会揽住你的细腰跳一支圆舞曲

此时，黑夜的舌头温润而甜蜜
在群星的舞台中央，你很快乐
微风跟着你旋转，从发髻到足尖
你失联多年的战机开始滑翔

短暂的飞行，迷人的冒险
你从往事的座位上起身，迟到的战栗
缠绕在你的指间关节，像一场晚祷
降临，众神端起盛满祝福的酒杯

是的，此刻你是幸福的中心
迟疑和恐惧早已畏罪潜逃，你解开
自己的枷锁，跨上从小失散的枣红马
你抓住野性的缰绳，放牧荒芜已久的北风

这仅是你能够驾驭的事情——

倚靠颠簸的旅程，假寐无声
你把鲜花还给牧野，灯盏还给村庄
你不想尚未老去却仿佛死去多年

尘 埃

这一阵风与上一阵
扬起的尘埃有何不同？

太阳缓缓升起，枝叶间舞蹈
与昨夜冷雨中低泣的尘埃，有何不同？

尘埃堆积，升起，落下
这个星球与其他的，有何不同？

楼下传来哭声，被送走的老人
有一张慈悲的脸，与他孩童时的有何不同？

前世和今生，有多少不堪重负
又有多少如释重负，它们有何不同？

爱或不爱，转瞬间
又有多少的尘埃纷扬而下啊！

流　星

需要撕裂多少黑暗，
这一瞬的光芒
才能抵达梦的归宿？

夜的底部，暗流汹涌，
需要多少的沙砾才能填满
贪婪者的腹腔？

摇曳如人世的头颅，
漫天的星辰，藏匿下多少哀悼
或往世的悲歌？

倘若孤独的事物会发光，
我将停止仰望，任由一匹马穿破
我的躯体，擂响它自己的鼓声

被一场雨淋透的人

被一场雨淋透的人
仿佛一生都困在雨里

淅沥他的淅沥
滂沱他的滂沱

他不可以想起爱情
以及爱情离去的背影

他是不谙水性的人
索性把身体渡成一叶扁舟

任由雨水落下，溅起
直至它们不再以雨命名

第五辑　蝴蝶纷飞

所有的河流都流向了天空/唯有我的孤独硕大无比，填满大地

所有的河流都流向了天空

所有的河流都流向了天空
舒缓有致，寂寞是它们温暖的
河床，疼痛的石头和花朵
在体内紧紧相拥，仿佛前世今生
从未放弃过彼此想要的流速

仰望星空，一千万匹白马驭风而来
我静静地听着这隐秘的天籁之音
像流水滑过身体，苦难与幸福
那么地切肤可亲，而我仿佛游出尘世的
飞鱼，眼里满是甜蜜的泪水

所有的河流都流向了天空
唯有我的孤独硕大无比，填满大地

四月的天空干干净净

四月的天空干干净净
四月的雪下在遥远的北方，雨水落在南方
醒来的四月骑上英俊的白马
赶上雷神，滚过昨夜冰冷的梦魇

哦，孤独的四月
大地圆润河流饱满，你的女人乳房绽放
她们风韵绰约，沐浴太平洋送来新鲜的盐
挽起发髻，将红艳的乳头塞进绝望的嘴

哦，四月，死神在暗中哭泣
堆满石砺的道路钻出瘦弱的花朵
蝴蝶醒来，孤鹰醒来，远方的马匹蹄声清脆
我看见你风一样的披肩，英雄的背影模糊一片

四月，我的四月
我嘴唇干裂，我的心吮吸着你苦涩的甘甜
倘若骨骼注定要开出花朵，我愿意
交出头颅，让你盛放衰败的春天

我的祖国

我的祖国，在一幅画里
当我伫足遥望，恍若滑落轴角的一滴墨迹

看呐，最远处是白雪压枝的北方——
林中黑熊出没，青色的炊烟正在升起
猎枪悬在低矮的屋檐，仿佛过冬的柴火
外部孤傲坚冷，内心却填满温暖

长城！秦皇汉武的风呼啸而过——
干枯的干枯了，野草在城墙上招摇衰败
崇山峻岭依旧巍峨，瘦下来的水呵
愈加清脆，年轻的渔夫在潭边握紧祖先的钓竿

接下来是绵延的平原，安静的海——
村庄错落有致，宛如黑土地上停泊的小船
惊涛骇浪消弭在古时候的梦魇里，风帆丛中
麦浪金黄，牛羊金黄，狼烟中的春秋金黄

中原以西，惊险大过于苦难——
雷声藏匿在雪山之巅，闪电劈进夜里
宛如奔涌而出的江水，咆哮被扼进悬崖峭壁

樵夫晚唱则随山路盘旋，雄鹰遮住了落日的脸

江之南是江南——
亭台楼榭摇曳如细腰，凋零自在荷花间
唐诗宋词任风雨吟唱，薄如蝉翼的女子折花遮面
日子如轻舟荡漾，羞也念想，狂也念想

日出东方，烟波里的礁岩是大海的故乡——
散落的岛屿鸟语花香，藏下皇帝不老的仙丹
鲸群翱翔在深蓝的梦里，飓风掀起了巨浪
桅杆下的男人啊，眼眶深陷，思念饱满

中国，我的祖国
在一幅画里，我愿是你飘散的一缕墨香

神　迹

如果有神，在他开口说话的地方
就一定有火光，一定有闪烁的唇印

如果有神，在他入睡的夜空里
一定会长出花朵，一定有均匀的鼻息

如果有神，他一定在某处凝望
眼神里含着盐，白鸽或海鸥会扑棱着翅膀

如果有神，他一定会爱上寂静
心里摆放一口铜钟，疾病和战争都是它的祭品

如果有神，我是说如果
一定将有迹可循，譬如一缕酒香或凋零的白发

是的，我是如此地抱有希望——
栖居在自己的花苞里，听风听雨听天籁之音

喘　息

究竟有多久
我没听过喘息
那些来自体内的花开花谢
曾那么令人着迷

我静静地坐在自己的坟地
滴落的星星闪着幽幽的光
我还在为过往编织着花篮
散乱的呓语被镶在藤蔓上

黑夜里暗处的河流轻轻地流淌
一些沉重的物件被悄悄地搬动
我多想就此躺下，关闭天空
像切断一切与念想关联的电源

只是忘却，一把老掉了牙的刀
割不动杂草也采撷不了木头的明亮
所有的动静都在密谋发起战争
只有我，在花篮里丢入更多的虚空

罪　过

黑夜谋杀了白昼
暮色是阴谋流出的血
有的艳得刺眼，有的干成黑块
都溢着腥味

哦，星星终于露出来了
这群胆怯的目击者
它们小心颤抖的声音
——我都能听得见！

裂　隙

从身体里的裂隙进出
风，让我感觉到骨骼里的冷
像一些无用之物，蜷缩在
自己的黑暗里，畏惧光的犀利

更多时候，悲伤是瓷瓶上的划痕
轻易就放弃了时间的凝重
它有细碎的足音，从夜的内部溜出
像出离哀怨的少女，漂浮不定

寂静，突然间的失语
仿佛划过眼睑的一束流星
使我相信风给过的承诺
每一个灵魂都有完美的出口

即便冷若冰霜，即便是伤
无可伤，我都愿意给自己一个
出逃的理由，从那血液
期翼的狭小河道，择木而舟

蝴蝶纷飞

是风吗
扇动这些薄弱的生灵
在阳光下舞动着某种暗语

倘若每一只蝴蝶
都是生出翅膀的美好事物

我不能确定
就是它们，卷起太平洋上的风暴
然后挟着盐停驻于我的体内

一些旧照片与模糊的面容呵
生动斑斓，犹如霞光里起伏的潮汐

又是日暮时分
晚风拾掇着大地的影子
斑驳灵动，仿佛蝴蝶纷飞

我确信，它们都住着灵魂
有的来自我，而其他也似曾相识

鹰

站在尘世的山峰
我永远活不过一只鹰的高度

马匹被风牵走，远方在睫毛下
游离，一些叫作英雄的生物

在云卷云舒里生生灭灭，只有它
呼吸，凝气，像坚实的虚无

盘旋在我的头顶，梦魇一样犀利
抓疼血色的黄昏——

恰好想起腐食者，我看见黑夜
漫上肌肤，以及撕心裂肺的尖叫

我仿佛回到一场战争：残肢断臂
流血的头颅，以及尽情坦露的胸膛

是的，只有它是最后的胜利者
苍穹是它的圣殿，翅膀之下皆江山

从一只鹰里逃离

我丢盔弃甲，捡回了一颗草木的心

窗 外

叶子切割着阳光
风称了称叶子的重量
掉落的影子，像许多乖孩子
静静地舔舐大地的伤

草　原

我爱你的美酒
爱你的毡房，爱你马头琴上滚打的姑娘——

天蓝蓝，水蓝蓝
我来，不做你睫毛上的云彩和肩上的孤鹰
只做你风吹草低里的牛羊

石　像

在童话里，他赶跑恶魔
救回孩子和花朵，然后送他们回家
而他自己，重新站回城墙的背面
整个过程他一言不发，像现在
我注视他，只有慈爱落满我的脸

黑蝴蝶

像太阳的阴影
蜷缩着，停留在一朵淡黄的花上

雨季间隙
黑蝴蝶的日子跟我的一样

我发现了它，很安静
抖动的翅膀与我的念想频率相同

如果飞翔不被打湿
我想，它也一定能听见我扇动的声音

那些鸟儿

逝去的时光并未远离
只是更深地钻入你的身体
退居幕后，成为额上灰暗的皱褶

你在心里藏下它们低沉的啾鸣
当午夜时分放下沉重的自己
那些鸟就会扑翅而出，在星空中盘旋

因为被囚禁，它们每一天
都度日如年，它们是用细小的喙嘴
啄破你用于掩饰的外衣

仿佛昨日重现，开阔和深远——
年岁渐老，越来越多的鸟被你饲养下来
因为过于拥挤，它们在不断地踩踏中死去

是的，如你所想
它们的死是真正的死亡，不再有天空
以及飞翔的欲望，不再执着于三生三世的信仰

作为安葬的坟茔，你很悲痛

但你必须保持沉默，任由那些美丽的羽毛

在你体内翻飞，滴着陈年的血

第六辑　姑且叫她寂寞吧

我终于忍不住想你了，姐姐/此时此刻，就连想你的念头都很温暖

致姐姐

黄昏升起——
群星在夜的底部纷纷醒来
黑色的海洋赶在路上

扇贝的夜，预言的夜
远方的风催动着梦的山峦
我的眼睛盛满了悲伤的海水

是时候了，姐姐
我的疲倦长出骄傲的尾鳍
暴风雨酣睡于礁岩之侧

潜入海底。我是通体透明的鱼
姐姐，命运之神让我在暗礁丛中游走
我必定要习惯仰望这苍茫的人世

仰望你——
姐姐，如果普世之人注定要受尽苦难
我祈愿在一滴泪里安生

凄美而寂静。当黑夜漫上我的身体

我终于忍不住想你了，姐姐
此时此刻，就连想你的念头都很温暖

春　天

春天，大地是一副好乳房
草木和牲畜，温柔而迷人的嘴唇

都喜欢那种拼命的狠劲
吮吸，翕合的嘴唇美丽而迷人

——山峦披满嘴唇，瘙痒难耐
就披着一件单衣坐了起来，耸动双肩

——溪流甘醇甜美，溢出的乳汁
每一个撅起的嘴唇都是幸福的酒杯

神秘的酒杯！
哦，众神骚动的暗语

野花很美，微笑的事物很美
春天就是一座酿制美好的神庙

希望盛满，嘴唇盛满
大地是一副好乳房，颤动的乳房很美

风

翻动圣经，你的手
带来蓝色的火焰，幸福或悲伤

摇落叶子纷纷
你的眼睛忧郁如王子，幸福或悲伤

尘嚣之上是天空，你的天空
她是你满头白发的母亲，幸福或悲伤

给你——
太阳交出自己滚烫的心

给你——
月亮穿上婚纱投湖自尽

给你——
我是被诗歌放牧的马匹

嘴角流血，喉咙在唱歌
我是你的马匹，你是我毕生的王

王啊王，请告诉我

太阳　月亮　诗歌　哪个幸福哪个悲伤

南方的雨水，北方的云

南方的雨水，北方的云
坐在大地上的神灵想起了受孕

想起来啦，秋天饱满
多汁的日子里瓜果飘香

想起来啦，夜里跑过白马
他的骨头开着娇艳的花

多么明亮，跑过爱做梦的草原！
一床温暖的被褥，绣上了橘黄的星光

像疲倦的鸟儿敛起了翅膀
风停在她们的胸口，捂着悲伤

哦，多么体贴的悲伤
南方的雨水，北方的云

秋　天

秋天的马车装满麦子
秋天的马车拉回酒坛子

赶车的汉子哟——
肩头坐着两只黄金的豹子

豹子，饥渴的豹子
黎明和黄昏就是你们的名字

是你们——
勒紧缰绳，抡起了幸福的鞭子

冬夜小雨

孤独的城市
夜里抱紧孤独的雨

雨啊雨，孤独的少女
为你转世而来，多情的小马驹

在你的怀里
轻轻呼着娇羞的鼻息

前蹄蹭蹭你的脸，你的嘴
让你突然感觉到爱和无限的怜意

多情的少女，憔悴的少女
她得多么地爱你——

像慌张的小马驹
摸黑跑过护城的河堤

橘 子

与秋天一起成熟。一个橘子
以及一间纱窗半掩的小屋

梳妆台对着红木衣橱
她的日子静坐其间，宁静柔美

夜里，秋风撩动着月光
她双手捂胸，她听见泉水汩汩而动

饱满多汁的橘子。她自言自语
"下雨时感觉自己就快烂掉"

她剥开橘子，压抑着的鲜艳
像一对对红润的唇，她渴望着

被它们小心地吃掉——
吮干她，以及屋里的所有气味

琥　珀

像松脂存下蝴蝶
封住她的泪

像蝴蝶的翅膀夹着风
按住它的飞姿

亲爱的，这是我为你所能做的
最浪漫的事——

最初的你就是最后的你
在我这里，你永不用担心老去

木 梳

一把木梳子，疏密有致
楠木、檀木或其他什么名贵材质
让它活得比主人更长久

它静静躺在一个木盒子里
与寂寞的灰尘对峙，藏下不为人知的
故事，除此之外无所事事

现在，它唯一的价值
是我掸去灰尘的同时，想起一位老人
和我一生中最纯真的样子

老 屋

阳光伸进那座老屋
仿佛去见一位老朋友
我想他们一定相谈甚欢
一聊就是一个下午

我打石砌的围墙经过
只看见斜影缓缓退出
没有依依道别
只有款款注目

或许他们早已约定
有空就来沏茶煮酒
顺便谈谈夏日的传闻
以及见过的最美晚秋

午后听琴

午后的琴键锃亮洁白
弹琴的女子坐在云端之上

从午寐中醒来
你的睫毛挂满天籁之音

是的，尽管竭力抑制
你的战栗，与她指尖上的并无不同

共振源自寂静的核部
任何美妙的事物都仿佛是种脱险

结局打开，你豢养的麋鹿
慌张跑过雪原，跑过猎人滴血的伤口

雪地之上，万物苍茫
阳光的手指按住惊魂未定的琴键

而你——
就是那个瞬间逃离的颤音

提灯的人

被黑暗挟持
孤独的灵魂都会寻找出口

因为风，忽明忽暗
他的骨骼隐没于疼痛之中

听不见嘶喊，无须呼喊
他对虚无守口如瓶

仿佛一丛火苗被殓入灯盏
独自明灭，他为自己感到心安

寂静的人世啊，瞧——
暗夜里燃烧的魂灵多么璀璨

姑且叫她寂寞吧

我在心上种一朵花
所以，你应该明白我为什么哭泣
却涌不出泪水，为什么死过
千百次却依然像僵尸一样活着

这是一朵幽蓝的花
像魂灵的光，狼的眼，或者大海
吞噬的梦想，她狂乱地呼吸
摇曳，膨胀，她绽放我就要缩回

我用心捧好她，喂养她
甚至都来不及命名她，如果你
一定要认识她，姑且叫她寂寞吧
——我们彼此互为毒药

所以，我的心已无位置安放其他
即使有，这朵花也不会答应

从 前

我爱她
像我的病爱着一个冬天——

它不会自己说出：北风、冰雪
以及低矮屋檐下一捆湿漉漉的柴火

我还能索求什么？咽下的药片
与一杯水，在我的身体里相亲相爱

亲昵的样子
——多么像我们的从前

水 声

我听见了身体里的水声
是丹顶鹤踏过稻田的舞步
抑或是鲸鱼尾鳍拍打的暗语
再或是未名的水草突然的颂诗？

没有谁关心溺水者的哭声
除了他自己，浑身净是渴意

哦，多么美妙的旋律
当我沉醉于这人世的底部
仰望黑夜里浮动的繁星
我竟对自己充满了无限敬意

晚安，大眼睛的鱼

晚安，大眼睛的鱼
晚安，波浪

太阳被你吸入肺里
慌张的气泡吐出了月亮
弯弯的月亮，我要拥抱你
在睡眠涌动的花床上

月亮，太平洋上的月亮
你是我的新娘，羞涩的新娘
是我吹灭了星光，把自己埋进了
你的黑辫子，汹涌的黑辫子

好吧，就这样啦
还是我来说晚安吧——

晚安，大眼睛的鱼
晚安，我的波浪